聖者の行進

長尾早苗

七月堂

目次

聖者の行進

スナフキンガール

「母の胎内から　旅してきました」
スナフキンガールはどこまでも
渚に打ち上げられた誰かの部分から
スナフキンガールのからだは成り立っている
愛だとか友情だとかはつるつるしていて
スナフキンガールのこころは
いつも脆くてざらざらしている
「歩く　食べる　のむ　眠る
生活はこんなにも単純で
それと同時に力強い」

それが　スナフキンガールが見つけたこと
生まれ落ちた誰もがスナフキン
帽子を被って出掛けよう
誰でもないよ
何のものでもないよ
毎日はロンリーとハローとグッバイ
傷だらけのこころはひそやかに
スナフキンガールを魔物にしてゆく
さあ　魔物から生まれ変われ
スナフキンガール
今までのお前の生き方に
別れを告げるのだ
いざ　さよならからの出発

水死体

日常は発光している
暗い海の中
わずかに見える灯台を指して
くらげたちは漂っている
わたしもかつてはくらげだった

ことばはくらげであり
わたしは今や人間の姿をとっているが
触手でからみつき
毒針を刺して

「わたし」ごときを殺してやった
ふわふわと浮いている水死体「わたし」
生きているのは
わたしのくらげのみ

スカートがふわふわと浮いている
白い、白いスカート

さようなら
わたし
何もなしえなかった
白目のない黒い瞳が
空を見ている
はらはらと
紅い花びらが落ちてくる

薔薇の一片、一片は
誰が落したのか
誰も知らない

海での葬式
誰も知らない

くらげちゃん

初潮を迎えた夜だった
くらげちゃんと美しい砂浜で話し合ったのだ
「わたしの名前、さんずいがないの
くらげちゃんはいいなあ
海だよ、うみ！」
そういうと
くらげちゃんはふふふと笑って
「海になる方法を教えてあげよっか」
と言った
わたしが頷くと

耳元で
「家の鍵を捨てちゃえばいいんだよ」
と
ひそひそ言う
わたしが驚くと
くらげちゃんは
「くくく」
と笑って
いつものように
わたしの心臓を毒針で
ぐさっ、と刺した

今だってどこかで誰かが死んでいて
どこかで誰かがひとを殺して／
くらげちゃん、

わたしを、やって。

ななめになってかしいでいた
わたしは波になったんだわ
くらげちゃんはゆらり光ってほどけていった
ゆらり光ってほどけていった

わたしはくらげちゃんに
ぐちゃぐちゃにされたくて
わたしの人生を
めちゃくちゃにされたくて
おとこになんか
ならなくてよかった、と息をついた
あのひとの腕の上で

吠える　――萩原朔太郎へのオマージュとして

あちこちに咲く３４７０
金属製の犬は吠えない（生きている犬も滅多なことでは吠えない）
のをあある
のをあある
［にんげん］のわたしだって吠えたい
（人間を［にんげん］として根付かせている何かがあるのなら）
のをあある
のをあある
血の通った人間が吠えないならば
金属製の人間である

わたしは吠えてみせよう
のをあある
のをあある

太古、人間は猿でありました。猿は吠えませんでした。「ねえ、君は獣なの」そう、猿は
犬に訊いたといいます。

二足歩行の幽かな匂い・病棟の屋上から
のをあある
のをあある

手術……肋骨を取られたからだの痛み
吠える

のをああある
のをああある

神よ、
わたしから取った肋骨で
一体何を創ったのだ
のをああある
のをああある

打ち上げられたはじまりの花

パァン
パァン
パァン
パァン

(ひどく明るい白い病棟
(儚いなここは
(自殺するように生きていたい
(吠えることにより、ぐろてすくに暴力と化して

生きて
ゆけ

刺す

ベッドの海に横たわっていると
明るく白い暴力の波に
さらわれそうになる
見えるのは暴力の闇
聴こえるのは点滴の音
（この世で一番暗い場所、それは心の中にある）
――どうかされましたか？
――いいえ、何も
毎日交わされる看護師とのやり取り
この世で一番暗い場所は

わたしの中にずっとある
では
この世で一番明るい場所は
病室（ここ）なのだろうか
毎日針を刺され
毎日レントゲンを撮らされる
ここなのだろうか

この病室が水槽ならば
わたしは海月なのだろう
——せんせい、すくってくれませんか（いつか触手でからみつき、毒針で殺してやる）

わたしはゆっくりと
まぶたを閉じてゆく
この世で一番暗い場所を

覗き込むかのように
意味のないことだ
そんなことわかっている
しかし
祖母も
祖父も
そうやってここにいたのだ
冷たくなった
代々の習わし
ここでゆっくりと
まぶたを閉じることより
他は――

眠る。わたしは海の記憶を思い出している。少しずつ、すこしずつ、海の中に自分が入っていくのを感じる。波だっている。さざめきの……。初潮の血の赤、赤、赤……溺れてゆく、水死。自分が人間であるという意識がもうろうとしている。ああ、海月、くらげ、水母……。

——どうかされましたか?
——いいえ、何も

看護師たちは知らないだろう
医師たちだって
誰も
知ることはないのだ
わたしが毎夜
海月になって
死生の狭間の海を
泳いでいることなど
海の中で

祖父と祖母がわたしを呼んでいる
わたしが殺した
いくつもの屍をむさぼりながら
わたしは生き
そして泳いできたのだ

触手が伸びてゆく
毒針の
発光……!

――どうか、されましたか?
――いいえ、何も

少女よ、戦慄しなさい

胎がふるえている
なにものかを生まれさせようと
世界の始まりの混沌は、みんな赤かったんだろうなあ
月と汐がくちづけし、満ちる音が聞こえる
わたしはその時いつも思うことがある
わたしの中で見えないところは
わたしは海でも地面でもなく
宙に浮いた、一個の球体なのかもしれない
（地球よりも、もっと巨大な）
ほら

ふるえる音が聞こえる
小刻みに揺れる胎内
陰の方から川になって出てくる血潮
――ほとばしる！

ああ
あの公園の噴水みたいに
いつか、わたしの潮が溢れる時が来ればいい
その時、わたしは一個の球体でいられるだろうか

青空の下の赤信号はすてき、上を向くことをゆるしてくれるから。帰り道の匂いはすてき、孤独であることをゆるしてくれるから。海はすてき、わたしの胎はそこにあるから。
でも

昔

クマリになった夢を見た
少女の時着ていたワンピースは
いつも白い絹だった
その日は青空で
すてきだなあ
と思ってみていたら
村人たちがわめく
わたしのワンピースの
足の間には
血が
血が
血がついていた

ふるえている
ひかりはじめている

自分の内側に目がついたように感じる
みんな赤かったんだろうなあ
（——女の子は誰でも、月に一度海になるんだって）
海の前でふるえている
海が、海がどうしようもなくこわいのです
海がふるえている
なにものかを生まれさせようと

少女よ
戦慄しなさい
海の前で
戦慄しなさい
あなたの胎は
広がり続けているのです
さあ

戦慄しなさい

雨を飲み込め
渡り鳥のように、帰るべき場所をなくしたわたしです
さあ
わたしに耳をあててください
潮の音が聞こえるでしょう
荒い、荒い潮の音が
雨を飲み込め、海を飲み込め
それは今ここにいるという証
空を高く蹴って
少女よ、
たくさんの赤と一緒に
噴き上がって
舞い上がって

ゆけ

葬列という名のパレード

仕事帰りに毎日カムイとメリーゴーラウンドに乗る
まばゆいひかり（今日の昼食、青空の下でスパゲティとゆでたもの）に祝福されながら
白馬のたてがみが揺れて
王子様になれない
カムイと
メリーゴーラウンドに乗るのだ
カムイは海を捨て
神々を連れてネオンのゆらめく街という遊園地に来た
毎日私たちは一日の終わりに
今日の私を葬り去る

葬列という名のパレードは続く

サアサア、サーカスがやってきたよ！　今夜も眠れない子はおいで、ピエロの僕が頬にキスしてあげよう。ピエロは仮面の下、泣いているのか笑っているのか分からずにいる。たぶんピエロにとってそんなことはどうでもいいことなのだろう。それよりも、子どもたちの笑顔が見たくて。ピエロは過労で吐血しながらパレードの先頭を行く。

パレードは紙の上で
日記という名で繰り広げられる
日記を書かないと
私は私にさようならをして
今日の私を葬り去れないから
一日をパレードにしてしまう

夜の世界に飛び込んだのは私だ。カムイを道連れにして飛び込む気などさらさらなかった。カムイは何も言わずに抱きしめる、葬り去られるはずの今日の私の死体を。死体、したい？　したい、よ。欲、そうだね、欲。狂え、物理的に甘やかに、狂え。

祈りにも似た気持ちで
私は今日の私の死体に名前をつけて
日記帳にしたためる
死体たちが並んだ日記帳
読み返してへどが出ないように
きれいに死に化粧をしている
かわいいという残酷なことばは
いつも何かの死に化粧において使われる

さようなら
南無阿弥陀仏南無阿弥陀仏
祈ります

どんな宗教よりも確かに

私がカムイに忘れられたら。私の髪が皮膚が爪が乳房がかわいそう。かさなりあいたい。
さわってほしい。どんな宗教より確かな、祈り。

葬式が終わって
私を弔った後の万年筆を置いたとき
また次の朝はやってくる

とんてんぱらぎとっぱらぎ

ここは江戸さあ、ほいさっさあ！
とんてんぱらぎとっぱらぎ
ちんちくりんのてーんてん
ことば遊び屋おりました
たいことんとんとーんとん
叩いて叩いて歩きます
たいこ屁こいた！
行列つくったこどもたち
みんなを笑わすあんちゃんよ

とんてんぱらぎとっぱらぎ
かわっていようといまいとね
たいしたことじゃあありません
どんちゃか楽器を鳴らすのさ
とんてんぱらぎとっぱらぎ
みんなと一緒に笑うのさ

ことば遊び屋大人気
儲けはないがいい仕事
笑顔を見るのが俺なのさ
子どもはみんなせかすのさ
「あんちゃんあんちゃん大好きだい！」

いつだか痴情のもつれでね
ことば遊び屋おっちんだ

なんまいだ　なんまいだ
こどもは涙を流すけど
忘れず思うどんちゃかちゃ
遠くに聞こえる笛の音

とんてんぱらぎとっぱらぎ
とんてんぱらぎ、
とっぱらぎ。

ウツ垢だったら既読スルーされてもいいね！

友達とか家族とか恋人よりも私は私のことが大事だから
セーフティ・カップとして裏垢をいくつも作ったの
ウツ垢……病んでても何を言っても暗いって言われたくないから鍵っ子
創作垢……適度に素敵ツイートを織り込むのが秘訣、公開垢。みんなＲＴしてね！
日常垢……日記みたいに書いてく、明るいことしか言わないよ！
〈みんな私を好きになって！〉（自意識過剰じゃない、みんな、私を、好きに、なって）
趣味垢……さらけ出す自分。絶対にドン引きされることもここなら言える
Ｔｗｉｔｔｅｒはどんどん流れて行って
過去の私なんてどっかに行っちゃって
二度と戻らなければいい

Ｆａｃｅｂｏｏｋは日常の自慢とおばちゃんとおじちゃんのリア充ツールだよね
毎日見ないと大変なことになるから
いいね！　しょうがなく押してる
いいね！　するだけで世界が平和になるんだったら
私、全部にいいね！　するよ
ｉｎｓｔａｇｒａｍはおしゃれな人たちの自己満だから
ふーんって見て、タグで検索して、私は鍵っ子
ＬＩＮＥは朝起きた時から寝る時まで一緒
ツイートする前に既読つけろよ
既読スルーしないで！
既読したらすぐ返して！
くだらない会話なんてすぐ飽きるから、てきとーなスタンプで会話をすぐ終わらせて。
ああ
友達が欲しいなあ
本当の友達が欲しいなあ

リア友なんて今の時代いるのかな
【待ってます私はどこかのお姫様】
なんて、ウツ垢に書き込んで、今日はごめん寝

（スマホやパソコンの無い世界、人はどうやってつながっていたの？
（雪の欠片のような希薄で冷たいつながり）
指と指を絡めて約束してた少女だったころの私が見える……遠く遠くの記憶のかなた
幸せだったな、あの時は）
目覚めた私はスマホをそっと、力を込めて、踏んだ。

トワイライトソーダ

おとなになったらお酒を飲んでお化粧をして
こころも一緒にうつくしい女のひとになれるんだと思っていた

外側だけはおとなになってしまって
私のこころはずうっとこどものままだ

お酒を飲んでも
口紅をつけても

叱られてばかりで泣き虫なのも変わらなくて

自分に取扱説明書がないのがイヤだった

あなたに
お酒で作ったクリームソーダを飲みにいかない？
と誘われて
バーで
青いあおいカクテルのフロートを頼む

変だよねえ、小さな頃に大好きだったクリームソーダが、お酒で作られたそれだけでおとなの飲み物になってしまうなんて。変だけど面白いよね。えへへ。

しゅわしゅわと舌の上で弾けるカクテルと同じように
夜の静かな街で
私はやっぱりしゅわしゅわと
素敵なあなたに恋をしている

カクテルは海と同じ色をしていた。私はあなたと見た、夜の海の花火を思い出す。しゅわしゅわと弾ける泡は、花火であって私の置き去り。ずっと薄汚れたワンピースにはだしで、満月の昇る夜の海に向かって叫んでいた。あなたと抱きしめあって空へ昇る、私たちはふたりで満月（もはやクマリではない）小さな女の子という自分との決別。男も切ない生き物かもしれないけれど、女の中には海があるから、また夜の海に一緒に行こう。切ないあなたがいることだけで、凪ぐの。

見ていたのは満月だけだったから。

確かなもの

私は私を確かめられないから
あなたを抱きしめる
すると途端に
私の輪郭がはっきりしてきて
あなたの温もりとともに
私という
不確かなものが確かなものに変わる

自分の耳なんて
気にしたことがなかったのに

耳のかたちがかわいいね
とあなたに言われて
初めて私は自分の耳がかわいいものであることを知る
君に食べられそうだ
とあなたに言われて
自分の食べるものは全部
全部いのちを喪ったものばかりだったのに
いのちあるものでさえも
食べることのできる生き物だということに気が付く
愛してる?
愛してる。
とあなたと確かめ合って
初めて私は
自分が他人を愛することが出来るとわかるのだ

給水塔

夏の休日に甘酒を飲みたくなった
ふらりと行きつけの本屋に行って
ふらりといつもの通勤の道を行く

ここの給水塔はふたりだけのもの

そう手をつないでいた近距離の春
毎年ここに報告をしにくる桜並木

冷たい甘酒は飲めなかったけれど

久しぶりの一人だけの休日、少し
私の左手、何かを欲しがっていた
冷たい甘酒？　温かいてのひら？
両方かもしれない、もしかしたら

ここの給水塔はふたりだけのもの

欲張ったせいで一万歩も歩いたら
一人、が切なくなってくる、雨雲
二つの苗字は体内に吸収されるね。

プレゼント

遺言状って究極の自己満足だよね
と友人が言っていた
その場で何も言えなかったわたしは
夢で
三十年後のわたしに聞いてみた
ねえ
伝えられないもがきを伝えるって自己満足なの
三十年後のわたしは
そうねえ、わたし本当に死んでないから分からないわ
と柔らかく微笑んで

たぶん彼女は
と続ける
一度死んでないわね

朝目覚めて
庭の花に水をやる
疲れはてたわたしはよく
ああ花になりたい
などと甘えたことを思ってしまう
水と太陽と二酸化炭素だけで生きられるなんて！
嘘をつかないで枯れてゆくなんて！

生きるって、パワーだ
ものすごく
しんどくなるときもある

お腹が空くと無性に悲しくなるし
放っておいて！
と
かまって！
の気持ちがごちゃごちゃして
かさばる
感情なんて難しいもの
持って生まれてきたわたしたちってみな苦しい

昔
植物人間の本を読んだことがある
かわいそう
と思ったり、した
はずなのに
疲れはてたら植物になりたいなんて

わたしはとても
生きることに甘えている

そうねえ、あなたってとても
と三十年後のわたしは笑う
むやみやたらと地面に繋がっているような気がするわ
そうなのかしら
そうよ、花って一生そうなのよ
かわいそう、つらそう
だから、花は美しくなるしかなかったのかもね
花を愛するひとに悪いひとはいない
と母が教えてくれたことがある
花に添えられた
ありがとう

のメッセージカードを盗み読みしてしまうたび
仕事中なのにほろりとしてしまう

ひとは
つらくてもごはんを食べて
眠って
生きなくちゃいけないから
ひとにことばや花を贈る
それはとても美しい行為で
花が人生になかったら
と考えると
ちょっとぞっとする

明日も朝目覚めたら
去年母に贈った花に水をやろう

生きるってそんなに嫌いじゃないと
思えるかもしれない

真夜中のパーティー

青空のもと
親と手をつないでいた記憶がある
手をつなぐ
ということが
あまりにも不思議なことだということは
小さなわたしにとってどうでもいいことで
ただただ
左手の風船を手放したくなかったし
いつまでも
親が右側で

手をつないでくれているように思っていた

わたしの中には
今のわたしと
少女のわたしと
おばさんのわたしと
おばあさんのわたしがいる
少女だったとき
みんなもそうかと思っていたら
そんなことは無かったので
あまりそのことは話さなくなった

わたしの中のわたしたちとは
時々「早苗さんパーティー」という会を開く

みんなが長尾早苗であることは確かで
でも
少女の早苗ちゃんはこの世にいなくって
ちょっと座敷わらしみたいで。
彼女を吸収して
今のわたしがいるのだと思うと
少しだけぼうっとする

以前付き合っていたひとに
趣味に生きるな
と言われたことを
今更思い出して泣きそうになった
そのひとの手は
なんだかいつも雨のように湿気ていた
おばさんのわたしは

忘れられなくたっていいじゃない
と
いつかの「早苗さんパーティー」の時に言っていた
おばあちゃんになったらねえ、みぃんな笑い話だよ
とおばあさんのわたしが言う
早苗ちゃんはくすくす笑って
バカだね、そんなことで普通泣く?
と
わたしよりお姉さんみたいな口ぶりでそう言った

いつかの「早苗さんパーティー」の時に
(たぶんその時はみんなでピザを囲んでいた)
手をつなごう
と
早苗ちゃんが言い出したので

面白そう、早苗ちゃん、早苗さん、早苗さん、早苗おばあだよ
とわたしが言うと
おばあさんのわたしは
失礼ねえ、うふふ
と微笑んだ
みんなの手のひらは
なんだかとてもあたたかくて
青空の下の親の手のひらと
同じ湿度を保っていた
みんなあなたよ、当たり前じゃない
と
おばさんのわたしが言う
昔そういう詩を書いたの
なんだかね、思い出しちゃった
なんか、変だね、わたしたちって。

早苗さんは早苗さんでいいんじゃない？
これからも仲良くひとりの中にいましょうよ
そうして
四人のわたしが並んで
カメラの前に立った

がんばらなくてもいいんだよ、早苗さん
いきなり少女のわたしがそう言って
あなた、倒れちゃったりしたら
わたしたちいなくなっちゃうんだからね
と横でおばさんのわたしとおばあさんのわたしがちょっと笑った

ああ
わたしって
無理してたんだな

早苗さんたち
本当にありがとう
と
やっと早苗ちゃんの本心に気づいてほろりとすると
カシャッとカメラの音がした
もちろん
写真は
残っていない

ぼくの小学校は笑顔であふれています

「笑ってはいけません
いそがしいということをたくさん言いましょう」
先生が毎日そう言うので
ぼくらは面白いということをわすれました
だいたい笑ってる顔って気持ち悪い
いそがしいから今日は遊びません
と言ったれいこちゃんは次の日みんなの前ではく手されました
ぎゃぐ（だっけ、昔あった言葉）を言ったまこと君は
次の日から学校に来なくなりました
まこと君の家族は今どこにいるのか分かりません

ある日の集団下校の帰り道
ぼくは空を見上げました
青くて青くてすいこまれそう
あの雲を食べて甘かったら面白いだろうなあ
そう思ったら
うふふ　あはは　わはは　あーっはっは
笑いが止まりません
みんなにぼくの笑いがうつって
うふふ　あはは　わはは　あーっはっは

ぼくらは体育館裏に集まって
先生に見つからないように
「笑顔組織」
という闇の組織を作りました
みんなでいっぱい笑おう　ぼくらには笑顔が必要だ

うふふ　ひひひ
こうた君がみんなのリーダーになって
体育館裏の倉庫だけでは笑えるようにルールを作りました
その一　先生たちには絶対にひみつにすること
その二　体育館倉庫の中だけで笑うこと
その三　みんなで笑うこと
うふふ　ひひひ
もしばれたら大変です
少年院にいれられちゃう
でもぼくらは面白くってうれしくって
うふふ　あはは　わはは　あーっはっは

授業中はみんながんばって
怖い顔して机に向かう
授業が終わったら体育館裏倉庫に行くんだ

みんなで笑うんだ　おなかをくすぐりあって
えへへ　うふふ　あはは　わはは　あーっははは

ある日
いたずらっ子のりょういち君とゆうだい君とかなこちゃんが
体育館裏の倉庫の近くに穴を掘りました
寒い寒い冬のこと
三人は穴の中に大声で
うふふ　あはは　わはは　あーっはっは
みんな、笑うって楽しいよーう
ぼくらは自由だーい
と言って
その穴に土をかけてふさぎました

それから春の日

体育館裏にたんぽぽや
背の高い草が生えました
風になびくとそよそよ　そよそよ
うふふ　あはは　わはは　あーっはっは
みんな、笑うって楽しいよーう
ぼくらは自由だーい……自由だーい
あ！　みんなの言葉が風に乗って流れてきます
職員室の先生たち
それでも聞こえないみたい　みんな怖い顔して机に向かってる
ぼくらは今でも隠れて
えへへ　ひひひ
うふふ　あはは　わはは　あーっはっは

ぼくの小学校は笑顔であふれています。

二つの苗字

私はもうすぐ名付けられる
人生がいくつもあるとするならば
私は何回の転生を繰り返してきたのだろう
少女、死ぬ
娘、もうすぐ死んで妻となる
愛する人が私のうなじに唇を寄せて
あいしてる、あいしてると言ってくれたこと
私は空に幸せという名の花束を放り投げる

私はもうすぐ名付けられる

名前が変わるのは不思議
二つの苗字を体内に吸収するのだろう

家族、遺伝子、らせんの階段を昇る、下る、あなたと一緒に、遺伝子

もう何も怖いことはないんだよ
一緒にいられたらそれでいい
娘だった私に悔いはない（よかったね、死ねて）

君はコピーだ
お母様のコピーなんだよ
確かに、そうかもしれないね
君の何十年後かが楽しみだなあ
私の母は自慢ではないけれど
年齢の割に美人なので

あんなふうに美しくなりたいと願う

二つの苗字、私の中で一つとなる
ばいばい、今までありがとうね
ばいばい。

はたらくわたし

はたからみえて
らくそうなわたしは
はたらくわたし

はたらくわたしとけっこんしたのも
はたらくおとこ

どっちもいえで
はたらくわたし
はたらくおとこ

だんだんいきがつまってしまって
じっかにかえる
はたらくわたし

ようくようくはなしあう
はたらくわたし
はたらくおとこ

はたらくわたし
そとへでる
とびらをあけてさあおはよう
おべんとさげてさ
りゅっくをしょってさ

かえってきたら
いっしょにおやつをたべましょう
はたらくわたし
はたらくふうふ

ふうふ
ふうふう
ふふふ
ふふふうふ

朝を待つ

骨にも花の色がつくと
祖母の遺体が焼かれて気づいた
祖母は本当に眠っているようで
声をかけたら
「ああ、さなちゃん、」
と棺桶から出てくるのではないかと思っていた。

あのしょうゆせんべいの味、忘れないからね。私が必ず一日一袋は食べてしまうしょうゆせんべいを、祖母は家に来るごとに私にくれた。あの夏も扇風機はまわり、私は裸足にワンピース一枚だった

「さなちゃん、」

祖母にみなが花を手向ける
棺桶にクマのぬいぐるみと
花があふれかえりそうになる
ああ、生まれてきたこどもみたいだ

ゆりかごにも似た棺桶の中から
火葬場に運ばれた
（とても寒い場所だった、八月）
祖母は、おばあちゃんは、
私のこと、いつまで覚えていてくれたんだろう
祖母のアルバムを見ると
母によく似た少女が
江の島の海と共に笑っていた

ああ、東京から疎開したんだよ。戦火を逃れてね
と大叔父さんが言う

小さな木箱に祖母の魂が宿っている、眠り姫、おつかれさま。
ワンピース姿で遠泳をしている祖母だった少女が
江の島の海で
疎開してきたの、こっちにおいでよ、さなちゃん、と私を呼ぶ、波の音が聞こえる
私、もう少しだけこっちにいるわ、と、返す
私も膝を抱え、少女に戻って朝を待つ

船出

ヨットに乗って私達は船出します
人生は川のようなものなので
川が合流する場所からふるさとという沖合に
どちらともなく舵をきって

不安なこともあるでしょう
悲しいこともあるでしょう
それでも船は沈むことなく支えあって
荒波をも乗り越えます

おめでとうの言葉を花束にして
私達は海に花びらをまきました
やがてそれらは輪を作り
空へ上って月になる

朝、二つのマグカップから湯気が出て
今日も朝が来たね
夜になったら、また月を見上げようね
そんな約束をして
私達は
進む

春の波

悲しみとほんのささやかな喜びの混じる春がやってくる
別れにも似て
旅立ちにも似た
先に旅立つ者たちに別れを告げた
さよなら
はじめまして
終わりとはじまり
そして終わりは常に何度でも忘れられるということ

何かに別れを告げた私は、やがて何かを孕み、何かを身ごもった（わたしはここにいる

の）と誰でもない私の子が言う、何ものかを私は孕んで産むこと、それは小さな宇宙にも似て

私はほんの少しだけ
世界を恐ろしいものに感じた（きっと怖い空気が私たちの肺に心臓に入ってきそうで）
そして素晴らしいものなのかもしれないと
一縷の望みをかけている、青空の下芝生の上に裸足で立つ
（あの強い人だって時々夜になると泣くんだ）
（今カフェで泣きながら何かをパソコンに書く人もいつか笑えるんだ）
どんな感情だってみんな持っている一面だから
人間はとても汚くて美しい
毎日生きるということは毎日死ぬことに似ているから
怖くなって目をつむった瞬間に
唇に唇が重ね合わされることもある
私、生きてる

私、生きてる
冬から春へ
命をほころばせて笑う花のように
私、生きてる
私
生きてる
終わりを見なくてもいい
ただ私に遺されたのは
母の胎にあった宝の地図と
父から渡された望遠鏡だけ
さあ船出だ
出航の日だ
春の波が押し寄せてくるとき
私は口笛を吹きながら菜の花の海の上にいよう
何度恐ろしい悲しみが私を襲っても、菜の花は黄色く私を包む

いくつもの別れと
いくつもの出会いに
すべてに恋をしながら

インカレポエトリ叢書Ⅷ
聖者の行進
二〇二一年三月三〇日　発行
著　者　長尾 早苗
発行者　知念 明子
発行所　七月堂
〒一五六—〇〇四三　東京都世田谷区松原二—二六—六
電　話　〇三—三三二五—五七一七
FAX　〇三—三三二五—五七三一
印刷　タイヨー美術印刷
製本　あいずみ製本

ISBN978-4-87944-442-4　C0092